Hanna Zeiß
Elfenwind

Verlag Petra Hennig

Immer, wenn Du traurig bist, solltest Du daran denken, wie schön das Leben sein kann, wenn Du es nur möchtest.
　　　　　　　　Hanna Zeiß

Hanna Zeiß
Elfenwind

Alle Rechte vorbehalten
Copyright Verlag Petra Hennig
März 2009
Verlag Petra Hennig, Bensheim
Illustrationen: Hanna Zeiß
Gestaltung: Detlef Judt, Darmstadt
Druck: Lautertal-Druck Franz Bönsel GmbH, Lautertal-Beedenkirchen
Buchbindung: Litges & Dopf Buchbinderei GmbH, Heppenheim
Printed in Germany
ISBN 978-3-9812850-0-0

www.verlag-petra-hennig.de

ELFENWIND

Text und Illustrationen von Hanna Zeiß

Verlag Petra Hennig

Vor hunderten von Jahren lebten viele kleine Elfen in einem Dorf.
Doch dann kam ein heftiger Wind.
Damit veränderte sich ihr ganzes Leben.

Es war kalt. Die Seen und Flüsse nah am Gefrieren. Der Wind blies so stark, dass die Bäume hin und her wehten.

»Fojer, Fojer, wo bist du?«, rief Filice, Fojers Schwester.

»Was ist denn? Warum schreist du so laut?«

»Fojer, es ist schrecklich! Oder soll ich besser sagen schön? Ich weiß nicht, was ich davon halten soll. Stell dir vor, es gibt heute ein ...«

Weiter kam sie nicht.

Die Helenenglocke läutete – das hieß, ein Fest wird gefeiert. Filice schaute Fojer mit großen Augen an. Fojer begriff sofort und nahm seine kleine Schwester in den Arm. Filice weinte.

»Du findest es schrecklich! Verstell dich nicht ständig. Nur weil Gardus gesagt hat, du fändest alles schrecklich«, versuchte Fojer Filice zu beruhigen.

»Schluchz – ich will hier nicht weg. Dies ist unser Zuhause! Tu doch mal endlich was dagegen«, heulte diese bitterlich.

»Hör zu Filice! Das geht so nicht weiter. Das ist unser 545. Zuhause. Wenn du jedes Mal so heulst, wirst du noch umkommen. Es wird noch tausende Umzüge geben. Wir ...«

»Also, du findest mich auch so heulerisch? Du bist vielleicht – schnief – ein toller Bruder. Erst sagst du, ich soll mich nicht verstellen, und dann sagst du, ich müsste mich dringend verändern!«, unterbrach Filice Fojer.

»Ach, soll ich dir jetzt helfen oder nicht? Du hast mich gar nicht fertig reden lassen!«, rief Fojer empört.

»Gut, dann hilf mir! Aber wehe es ist wieder eine deiner dummen Superideen!«, ärgerte sich Filice.

»Also gut Filice, du musst sehr mutig dafür sein. Es darf keiner erfahren! Komm mit mir in mein Zelt!«

Schnell zog er sie in sein Zelt.

Das Zelt war aus vielen, herbstlichen Blättern zusammengesteckt.

»Als erstes gehen wir zum Abschiedsfest. Ich möchte mich von diesem Zuhause noch einmal verabschieden. Leider können wir nicht lange bleiben. Dann packen wir unsere Sachen. Alle! Nicht nur die leichtesten, wie üblich bei einem Umzug. Damit es nicht so sehr auffällt, ziehen wir, wie alle anderen auch, unsere schönsten Kleider an. Von Mutter können wir uns nicht verabschieden. Sie würde uns hier behalten wollen. Dann werden wir beide alleine durch die Wälder ziehen. Manchmal werden wir uns vom Wind treiben lassen müssen. Wir suchen uns ein sonniges Zuhause. Dort werden wir nicht immer wieder fortfliegen. Noch Fragen?«, brachte Fojer seinen Plan zu Ende.

»Was ist mit Papi?«, fragte Filice.

»Was wohl? Auch von ihm können wir uns nicht verabschieden.« Langsam wurde es dunkel. »Entscheide dich, Filice. Es wird bald Zeit, zum Abschiedsfest zu gehen«, sagte Fojer leise.

Ihm war seine Schwester sehr wichtig. Er wollte sie nicht enttäuschen. Draußen hörte man Schritte von anderen Elfen. Alle waren traurig.

Heute müssen wir leider unsere Häuser verlassen. Der Sturm heute Nacht wird zu heftig. Da wir nicht unvorbereitet wegziehen wollen, bitte ich euch, nach dem Fest schnell die leichtesten Kleider anzuziehen und dann auf das große Ahornblatt zu kommen. Dort schlafen wir. Jeder von euch sollte sich den Elfenstaub in die Augen wischen, damit ihr bei dem Sturm nicht aufwacht. Ansonsten wünsche ich euch noch ein schönes Fest. Prost!«, sprach der Elfenhäuptling Depoder.
»Prost!«, kam es aus den anderen Elfenmündern. Alle stießen mit ihren Gläsern, die mit Traubensaft gefüllt worden waren, an. Fröhliche Musik erklang, die Elfen begannen zu tanzen.

Auf einmal begann ein Elf mit ziemlich großer Nase zu rufen: »Wer trönkt mit mir ein schaines Bier?«
Alle lachten und prusteten. Ein paar kleine Elfenkinder tippten sich nur mit dem Finger an die Stirn und sagten:
»Der hatte schon so 10 Bier!«
Die Elfenmütter, die das bemerkten, hielten ihren Kindern die Hand vor den Mund und schüttelten mit der anderen Hand ihren Zeigefinger.
Plötzlich bliesen Trompeten. Das Buffet war eröffnet.
Das Fest war voller Überraschungen, die der Häuptling geplant hatte. Er wusste, dass sein Elfenvolk sehr traurig war – auch wenn es zur Zeit nicht den Eindruck machte. Da war der Häuptling Depoder sehr glücklich. Denn so ein wundervolles Fest hatte er seit seiner Kindheit nicht erlebt.

Eure Hoheit, dürfte ich Sie kurz unter zwei Mündern sprechen?«, fragte Silvikus höflich. Er war einer der höflichsten Elfen, die wohl je gelebt haben.

»Natürlich. Gehen wir doch in meinen Palast«, lud ihn der Häuptling freundlich ein.

Worauf Silvikus sagte: »Oh nein, nein, nein, nein. Das dauert zu lange. Wenn es Ihnen nichts ausmacht, gehen wir doch hinter diesen Baum. Aber wenn es Ihnen nicht recht ist, können wir natürlich auch in Ihren Palast gehen.«

Der Häuptling hasste lange Reden. Silvikus hatte er das noch nicht gesagt, da Silvikus ansonsten sehr traurig gewesen wäre.

Also zeigte er auf den dicken Tannenbaum.

Ein Mensch hätte sie niemals sehen können, denn noch nicht einmal mit einer Lupe hätte man sie richtig erkannt.

»Also, wo meine Bedenken sind, oder was ich eigentlich sagen wollte. Ja also, ähm, Herr Häuptling, ich möchte Ihnen ja keine Sorgen machen, aber was ich eigentlich sagen wollte …«, fing Silvikus an.

Er war sehr aufgeregt. So sehr, glaubte der Häuptling, war Silvikus noch nie aufgeregt gewesen.

Beeil dich!«, hetzte Fojer.
Darauf antwortete Filice: »Mann. Ich bin doch kein Mensch. Ich kann mir nicht schneller das leichte Kleid anziehen.«
Langsam tropfte ein Regentropfen vom Himmel.
Der Himmel wurde grau.
Fojer nahm seinen schwer bepackten Koffer. Filice machte den Reißverschluss von ihrem Kleid zu. Dann nahm sie ihren ebenfalls schweren Koffer in die Hand.
In ihrem Zelt wurde es ruhig. Bis Fojer sagte: »Hast du alles?«
»Ja«, antwortete Filice und eine kleine Träne floss aus ihren Augen über ihre Nase. Dann streichelte sie noch einmal über ihr Blattzelt und schloss die Augen.
»Komm! Wir müssen gehen, bevor der Wind kommt und das Fest zu Ende geht«, sagte Fojer zaghaft.
Leise flüsterte Filice: »Ich komm ja schon.«
Sie war irgendwie traurig geworden. Es tat ihr leid, sich von ihrer Mutter verabschieden zu müssen. Ihr Vater war ihr nie so wichtig gewesen. Aber irgendwie war sie jetzt auch traurig, ihn zu verlieren. Eltern sind für jedes Elfen- oder Menschenkind wichtig. Sich von ihnen zu trennen, ist schwierig.
Als die beiden aus dem Zelt gingen, schaute Filice noch ein letztes Mal ihre Mutter und ihren Vater von Weitem an. Dann winkte sie, obwohl sie keiner sah.

Filice wunderte sich, dass Fojer nicht weinen musste.
Doch auf einmal hörte sie ihn leise schluchzen. Da legte sie den Arm um ihren Bruder. Er schaute auf.
Er hatte nur noch sie. Er schwieg. Dann sah er Filice an. Nun nahm er sie ebenfalls in den Arm.
Nur auf sich gerichtet gingen sie Arm in Arm durch den kleinen Elfenwald.

Was ich Ihnen sagen wollte, Fojer und Filice sind nicht mehr auf dem Fest«, endlich war es raus.
Der Häuptling grinste, lachte dann laut.
»Was finden Sie daran so komisch? Vielleicht wurden sie geklaut. Wir müssen sie suchen«, sagte Silvikus dramatisch.
Er hatte sich noch um keinen solche Sorgen gemacht wie heute um seine Freunde.
»Ihnen wird es langweilig geworden sein. Sie sind sicher in ihren Zelten. Fragen Sie Filices und Fojers Eltern, ob sie vielleicht schlafend im Zelt liegen. Aber wenn Sie mich fragen, brauchen Sie das gar nicht. Die Eltern hätten ihre Kinder doch schon längst gesucht, wenn sie verschwunden wären«, kreischte der Häuptling vor Lachen.
Der höfliche Silvikus wurde sauer. Er hatte sich noch nie unnötig Sorgen gemacht. Er hatte immer Recht gehabt, wenn es um etwas Wichtiges ging. Er war immer nett zu dem Häuptling gewesen, und jetzt hatte dieser ihn so enttäuscht.
Sein Kopf war feuerrot vor Wut. Er stampfte dreimal mit dem Fuß, klatschte dreimal in die Hände und schrie so laut er konnte um Hilfe. Und auf einmal hatte der kleine, pummelige Elf die volle Aufmerksamkeit.
Keiner hatte Silvikus je so wütend erlebt.
Er wollte gerade anfangen eine Rede zu halten, da rief der Häuptling schnell: »Der Wind kommt früher. Packt jetzt geschwind alle eure Sachen. Wir treffen uns gleich auf dem Ahornblatt!«

Auf den Häuptling hörten die Elfen mehr als auf Silvikus. Nun ging es schnell. Plötzlich waren alle Elfen auf dem Ahornblatt und streuten sich Elfenstaub in die Augen.

Silvikus war noch in seinem Zelt. Kaum hatte er seine Sachen gepackt, kam der Sturm.

Er wurde immer stärker. Viel schneller als gedacht, flogen alle Zelte weg. Auch das Ahornblatt und Silvikus.

Aber natürlich auch Filice und Fojer. Der Wind zerrte und riss an den beiden. Er war sehr heftig.

Auch Silvikus hatte es nicht sehr bequem. Ganz anders als die Elfen auf dem Ahornblatt.

Sie schliefen und merkten nichts von dem Sturm.

Auf einmal fing es an zu regnen.
Filice und Fojer konnten sich nicht mehr an den Händen halten. Sie wirbelten durch die Lüfte.
Aber sie wussten, dass sie in die gleiche Richtung fliegen würden.
Also schlossen sie die Augen.
Silvikus merkte, dass der Wind ihn in Richtung des Ahornblattes blies. Erschrocken zappelte er. Silvikus wollte doch die Geschwister suchen und nicht mit den anderen fliegen. Es nützte nichts.
Der Wind wirbelte ihn immer hinter dem Blatt her.
Die Elfen darauf schliefen.
Ein Glück! Silvikus wäre es peinlich gewesen, wenn sie gesehen hätten, dass er hinter ihnen herflog.
Als ob das Wetter nicht schon schlimm genug gewesen wäre, fing es auch noch an zu donnern und zu blitzen.
Silvikus hatte Angst und wünschte sich bei den Elfen auf dem Ahornblatt zu sein.
Aber auf einmal fielen sogar Silvikus die Augen zu.

Das Wetter tobte noch lange, aber am nächsten Morgen fanden sich alle Elfen in einem Dschungel ganz weit weg von zu Hause wieder.

Silvikus wachte als Erster auf. Er ging den Dschungel entlang.

Plötzlich sah er irgendwo ein Licht.

Silvikus folgte ihm. Als er aus dem Dschungel kam, sah er Meer und Strand.

Er freute sich. Hier, dachte er, schien die Sonne immer.

Doch dann traute er seinen Augen nicht. Auf dem Meer lagen – weil sie so leicht waren – Fojer und Filice.

Silvikus machte einen Purzelbaum nach dem anderen.
Da der Wind in die gleiche Richtung weht, waren seine Freunde auch hier. Sie hatten nur ein wenig Vorsprung gehabt.
Langsam wachten Filice und Fojer auf.
Sie freuten sich in der Sonne zu sein und wollten dort wohnen bleiben. Da entdeckten sie Silvikus. Sie freuten sich, nicht alleine zu sein.
Silvikus erzählte, dass auch alle anderen da waren und wieso er am Strand war und die anderen im Dschungel. Aber auch Fojer und Filice erzählten ihre Geschichte.
Alle drei holten später noch die anderen Elfen.
Nun war jeder froh, so ein tolles Zuhause zu haben. Vor allem waren die Geschwister froh wieder bei ihren Eltern zu sein.
Nach einer Woche hatten sich die Elfen ein Dorf gebaut.

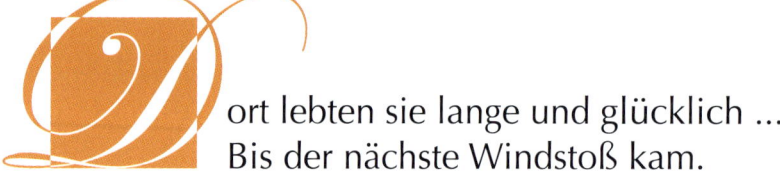 ort lebten sie lange und glücklich …
Bis der nächste Windstoß kam.

Das Buch und seine Geschichte

»Es gibt keine Zufälle!«, behaupten manche klugen Leute. Allmählich glaube ich das auch. Dieses Buch ist entstanden, weil es einfach entstehen musste.
Und so fing die Geschichte an: Die Tageszeitung Bergsträßer Anzeiger stellte meinen Buchverlag vor und berichtete darüber, dass ich einen Wettbewerb für junge Schreibtalente ausgeschrieben hatte. Dieser Beitrag brachte den Stein ins Rollen. Hannas Oma las die Zeitung, dachte sofort an ihre Enkelin und beschloss, mir zu schreiben. Hier der Auszug aus ihrem Brief:

Liebe Frau Hennig,
ich bin die Oma von Hanna. Hanna wohnt mit uns, ihren Eltern und ihrer Schwester
Anne auf einem Bauernhof.
Hanna ist 9 Jahre alt und macht uns oft Geschenke mit ihren Gedichten und Geschichten,
die sie sehr phantasievoll und lebendig erfindet und erzählt. Zu Weihnachten war es
ihre Geschichte „Elfenwind".
In den Tagen nach Weihnachten ging es unserer Hanna nicht gut. Schließlich wurde
sie mit einem Blutzuckerwert von 500 in die Kinderklinik des Universitätsklinikums
Heidelberg eingewiesen.
Sie ist nun Diabetikerin und muss vor jeder Mahlzeit gespritzt werden. Ihr Leben wird also
nie mehr sein, wie es war; und ich musste an den Satz denken, den Hanna in
„Elfenwind" schrieb:
„Doch dann kam ein heftiger Wind. Damit veränderte sich ihr ganzes Leben."

Ich war zunächst berührt, nahm mir Hannas Text gespannt vor und war völlig beeindruckt. Spontan fragte ich Hanna, ob sie Lust hätte, die Geschichte zu illustrieren und mit mir ein Bilderbuch daraus zu machen. Sofort hat sie sich Motive ausgedacht und dann alle Bilder voller Begeisterung gemalt. Die junge Künstlerin Hanna ist für mich ein echtes Ausnahmetalent.
Ihre Geschichte macht Mut.

Ein Euro von jedem verkauften Buch geht an die Initiative COURAGE für chronisch kranke Kinder. COURAGE wurde vom Zentrum für Kinder-und Jugendmedizin der Universitätsklinik Heidelberg ins Leben gerufen. Ihr Ziel ist es, Erfolge der stationären Behandlung langfristig zu Hause zu sichern und chronisch kranken Kindern und Jugendlichen wie Hanna mehr Lebensqualität zu bieten.
Ich finde, das ist ein gutes Ziel.

Petra Hennig, März 2009

Die junge Autorin

Hanna Zeiß wurde am 30. April 1999 in Lindenfels im Odenwald geboren.
Dort lebt sie mit ihrer Familie und Katze Tiger auf einem Bauernhof. Sie spielt Klavier, liest gern und bewundert Astrid Lindgren. Elfen, Feen, Kobolde und Zwerge haben Hanna schon immer fasziniert. Sie sagt, dass sie die Sterne mag und die Tiere.

Schon früh interessierte Hanna sich für Bücher und Geschichten.
Kein Wunder, dass Deutsch schnell zu ihrem Lieblingsfach wurde. Seit Hanna sieben Jahre alt ist, verfasst sie kleine Gedichte und Geschichten.
Als sie acht Jahre alt war, gestaltete sie mit eigenen poetischen Texten ein erstes kleines Büchlein.
Mit neun Jahren schrieb Hanna die Geschichte *Elfenwind*.
Und weil Hanna am liebsten alles in eigener Regie macht, hat sie sich die wunderschönen Illustrationen für das Buch alle selbst ausgedacht und liebevoll gezeichnet.

Außerdem erschienen im Verlag Petra Hennig:

»Zu einer richtigen Familie gehört ein Hund!«, findet Bettina Sommer. Sehr zur Freude ihrer Tochter Leslie.
Papa wird überzeugt und alles könnte so schön sein! Wenn da bloß nicht der böse Nachbar wäre.
Als endlich Labradorhündin Jolly auf dicken Pfoten durch das Leben der Familie wirbelt, sieht die Welt der Sommers irgendwie anders aus. Gemeinsam erleben sie Neues und Spannendes, Komisches und Trauriges.

Beim ersten Hund wird alles anders ist eine heitere Familiengeschichte, in der viel Wissenswertes zum Thema Hund und Hundeerziehung steckt.

Beim ersten Hund wird alles anders
192 Seiten • gebunden
Mit Illustrationen von Detlef Judt
ISBN 978-3-00-024763-7 • € 14,90

Erhältlich in Ihrer Buchhandlung
oder direkt beim Verlag Petra Hennig
Roonstr. 12, 64625 Bensheim
06251/982326
post@verlag-petra-hennig.de
www.verlag-petra-hennig.de